KB116605

그해의 봄

그해의 봄

장성자 시집

책만드는집

우리 모두에게는 마음속에 시가 살고 있다는 것을 어느 봄날 깨닫게 되었습니다. 마음 밑바닥에서 잠자고 있던 또 하나의 결이 깨어나 시의 세계라는 새로운 분야로 발을 내딛게 한 것이겠지요.

어깨 위로 떨어지는 봄볕과 꽃의 향기에서 전해지는 메시지를 무시하려 했지만 며칠 동안 머물고 있는 그 느낌을 시로 쓰지 않을 수 없었습니다.

풀잎에 맺힌 이슬, 어린 아기의 숨소리… 주변의 작은 것들이 모두 시가 될 수 있었으며 한 편의 시를 끝냈을 때의 행복은 표현하기 어렵습니다.

우리 가족에게 새로 합류한 새 생명들을 바라볼 때 가슴을 치고 올라오는 감동이 시심의 자극제가 되었고 저를 아끼고 늘 후원해 주는 가족, 시집 발간을 제안한 남편이 있어 생애 처음 시집을 발간합니다. 시집 발간의 감개와 감동을 갖도록 이끌어주신 문학의집·서울 김후란 이사장님께 감사 인사 드립니다.

햇빛 아래 고개 내미는 새싹처럼 품 안에 있던 시들이 넓은 세상으로 나가 새로 만나는 사람들과 잠깐이라도 공감하는 순간을 경험하기를 바라는 마음입니다.

2023년 봄
윤당 장성자

2부　사랑과 인생

3부   신화 속에 피는 꽃

4부 새 생명의 선물

1부

사계절의 꿈

그해의 봄

그해 봄
찬란함이 대기 속을 가득 채웠다
어깨에 내려앉은 봄볕이
그리 따스하고 다정하게 느껴진 건
처음이었다

산수유꽃이
선명한 노란색인지
모란꽃이 그렇게
탐스럽고도 아름다운지 몰랐다

은은한 향기에
이성이 서서히 녹아내리고
그해의 봄이 오감을 깨워주면서
마음의 소리가 들리기 시작했다

그해의 봄
그가 별이 되어
가슴속으로 들어왔다
불꽃이 피어올랐다

그는

꽃그늘 아래 서성이는
그는 시인일 거야

꽃과 나눈 대화로
꽃향기 묻은 추억을 깨워
마음을 가득 채우면
오늘 밤 그는
떨리는 펜을 들겠지

꽃과 엮인 한 사람
떠올리다가
추억의 뿌리를 건드리고
눈물짓겠지

꽃향기 짙은 오늘 밤
그는 잠을 못 이루겠지
꽃그늘 아래 앉아 있는
그 사람 돌려보내지 못해서…

매화꽃

두툼한 눈 아래에서
꽃봉오리 터뜨리려 몸부림치더니
잎도 없는 가지 위에 오순도순 앉아
봄은 매화로 온다고 알려주는
여리지만 강인한 매화꽃

그 고고함을 알아보고
이황 선생님은
사군자 중에
너, 매화를
특별히 아끼고 사랑했었나 보다

혹독한 바람과 눈을 이겨내고
이 땅 위의 변화를 알리는
선각자의 고통과 외침
수많은 봄을 접어 마음에 간직했더니
매화가 인간에게 던지는 교훈을
늦게나마 깨닫게 되는구나

약속

연분홍 꽃잎이
안개비처럼 흩날리던 날
저만치 걸어오는
너를 처음 보았네

새하얀 목덜미에
실크 스카프 팔랑거릴 때
어깨를 부딪치며
우린 인사를 나누었다네

그날 이후, 뜨거운 태양이
땅거죽을 태우듯이
가슴속 밑바닥은
용암처럼 끓어오르고

날마다 고통이,
황홀함이 빚어내는
목숨 같은 사랑이
내 심장에 깊이 새겨졌다네

서늘한 바람에
석류알이 익어가는 계절
우리는 천사의 깃털 같은
하얀 축복을 하늘에 간절히 비네

입술에 담은 시가
무의식에 침전되기까지

하늘에 닿을 때까지
사랑을 쌓아갈 것을 약속하네
영원처럼…

꽃비 내리는 소리

토닥토닥 봄비 소리
책상 앞의 나를
스르르 잠재우는 소리

소록소록 봄비 소리
벚꽃 잎 바람에 맞춰 춤추며
봄비를 꽃비로 바꾸는 소리

매화, 목련, 벚꽃 따라
세상에 얼굴 내민
작은 라일락꽃들
꽃비에 날려 갈까 봐
향기 주머니 꽉 움켜쥐고
햇빛 나오기를 기다리는
촉촉한 봄날

벌 나비는 날개 젖을까
나무 그늘에서 파르르 떨고
꽃들만이 소곤거리는 세상에
토닥토닥

소록소록
꽃비의 독주가 온 세상을 깨우는 날

하얀 목련

마음을 깨끗이 씻고
네 앞에 서련다

감히 범접할 수 없는
너의 기품에
예를 갖춰야 하기에

바라보는 것조차 눈이 부신
우윳빛 순결한 꽃잎에
바람이 머물다 가는지
은은한 향기가 물결친다

환상인가 꿈인가
나비처럼 날아올라
꽃잎 위에 살포시 앉아보는 마음

찬란한 봄날

눈을 뜨고 싶지 않아
하얀 목련이 지는 현실을
차마 마주할 수 없기에

사월 어느 날

겨우내 묵은 마음의 때 씻어내고
햇살에 풀 먹이다
새소리에 이끌려
발 내디딘 사월의 한낮

눈부시게 환한 봄빛과
현기증 나는 라일락 향기에
기억의 한 모퉁이에서 피어나는
눈웃음과 귀에 익은 목소리

잊은 줄 알았던 작은 떨림과
그리움이 불끈 솟아오르는
따뜻한 감동의 순간

얼마나 더 머물 수 있을까
기약할 수 없는 이 별 위의 삶

촉촉한 눈가에
쓸쓸한 미소가 감도는
어느 고독한 노인의
화창한 사월 어느 날

내가 봄일 때는

내가 봄일 때는
봄이 좋은 줄 몰랐다

'참 좋을 때다'
부러운 눈길로 건네주는 인사를
무심히 받아 넣었던 이십 대 초반

자연의 순리대로 피어나는 꽃들의
후세를 준비하는 그 치열함은 못 본 채

각기 다른 나무들이 인도하는
수많은 길 앞에서
한길을 택한다는 게 당황스러웠다

책임이 따르는 선택과
불확실한 결과가 두려워
가능성의 문들을 두드리지 못하고
불안하게 미래를 바라보던 봄날

정열의 여름이

결실의 가을이 바람처럼 지나가고
겨울이 끝나가는 땅끝에 서니
사계절이 품고 있는 의미를
뒤늦게 이해하게 되었다

예전의 그 봄으로 돌아갈 수 없는
지구 회전의 법칙을 이해한 뒤에야
봄이 좋은 줄 알게 되었다

봄날은 간다

바람에 날리는 벚꽃 잎이
머리에 앉은 걸 보며
젊은 연인들이
사랑의 눈길을 주고받는
봄날

여한 없이 피어난 벚꽃
떨리는 흰빛의 황홀함에
잠시 숨이 막혀
봄날의 한구석에
숨고 싶은 이도 있다

아찔하게 화려할수록
마음은 더욱 공허해져
높은 하늘을 올려다본다
눈물이 흐르지 않도록…

이런저런 마음 달래주며
화창한 봄날은 간다

눈물 뒤에 마음이

웃음의 뒤에는
마음이 숨어 있는 줄 알았는데
편안한 미소에도
만나서 반기는 웃음에도
마음이 보이지 않으니
그저 헛웃음뿐이네

초겨울 찬 바람에
가슴 시린 날
국화꽃 닮은
당신이 정녕 그리워
그렁그렁 고이는 눈물 뒤에
마음이 고요히 머물고 있었네

달밤의 라일락나무

침묵 속에서
따스한 햇살 그리워하더니
사월의 부름에
연보랏빛 미소로 답하는구나

마침 검푸른 하늘로
솟아오르는 보름달이
내 시선을 몽땅 앗아 가니

너는 더 짙은 향기로
대지를 덮으며
봄밤을 지배하려 애를 쓰는데

깊고 푸른 밤
달의 신비로움에 빠져버린 채
폐를 가득 채운 보랏빛 향기에
잠시 혼미한 상태로
… 서 있는 나

더 이상의 아름다움도

더 이상의 향기로움도
바라지 않아

동양화 같은 현실의
한 모퉁이에 서 있으려니
감동으로 떨려오는 이 마음
시 한 편으로 옮기고 싶네

장마

하느님께 슬픈 일이 많은가 보다
매일매일
우는데도 그치질 않네

뜻대로 세상만사 다스리지만
하느님께도
말 안 듣는 자식이 있나

어렵사리 꺼낸 말이 거절당했나
매몰차게
돌아선 그가 서운했나 봐

비단으로 겹겹이 싼 이슬 단지를
아낌없이
구름 아래로 쏟아부으시네

마음속에 엉켜버린 실타래 풀어
잃어버린
밝은 미소 찾아주고파

우리들이 고운 말로 위로해 드릴까
눈물 닦고
두 뺨 살포시 만져드릴까

어제, 오늘
쉬지 않고 눈물 떨구네
하느님께 슬픈 일이 많은가 보다

매미

너의 야무진 울음소리는
가을이 가까이 왔다는 의미겠지

땅 밑에서 인내심의 칠 년을 견디고
단지 열흘간 뜨거운 햇빛 아래
목청 높여 짝을 부르고 있네

생명을 부여받은 대신
후손을 남기려고 애쓰는 너는
요즘 인간들보다
신의 섭리를 더 잘 따르는구나

사람들이 굵은 땀 흘려 지은
곡식에 입을 안 대니 염치를 알고
이슬과 수액으로 배를 채우는 청렴함
집 짓는 욕심도 버린 검소함에
가야 할 때를 알고 스스로 떠나는
신의를 지키다니…

조선시대 선비들이 매미 소리 들으며

군자의 덕을 논했다더니
이유가 있었네

미물이라 불리는 곤충이지만
자연의 섭리 따르고
자기 분수를 지키는 매미

인간으로 태어나
인간답게 살고 있는지
겸손하게 성찰하는 기회를 주는
너는 자연의 교사였네

고목나무

솔향기 그윽한 숲속
산책길 가로질러
몸을 누인 고목나무

감히 오를 수 없었던
나무둥치 위로
자잘한 곤충들이 타고 앉아

숲에서 받은 정기와
땅에서 얻은 풍요로움을
마음껏 빨아대며 분탕질 치네

새들에게 집 지을 자리를 내어주고
열매로 먹을거리 챙겨주며
받기보다 주는 데 열중했던
나무의 한평생

버림과 비움을
보여주는 본보기이런가

자신의 삶은 비움으로 정리하고
중생들의 마음을 채워주려 애쓰다
고요히 열반의 길로 들어가신
어느 스님을 생각나게 하는 고목나무

능소화

태양이
작열하는 뜨거운 여름날
화사한 미소를 짓고 있는
능소화
태양의 색깔을 제일 많이 닮은 꽃

한때는 양반댁 정원에서만
피어나던 양반 꽃이
이제는 회색빛 아스팔트 길 옆에서
차들이 만들어내는
속도의 미학을 즐기는가

울퉁불퉁 돌담을 기어올라
한강공원의 사람들 구경하며
느긋하게 바람과 대화하는가

꽃들의 세상에도
뿌리 내리고 꽃 피울 곳을 택할
자유가 있다는 걸
저 능소화가 증명하고 있네

코스모스

너는
무엇이 그렇게 재미있어
잔잔한 바람에도
허리를 꼬며 웃어대는 거니

너는
누구를 그렇게 기다리며
지평선 너머 아득한 곳에
그리움의 시선을 보내는 거니

주변의 꽃들은
바람에 향기 풀어 헤치며
세상 사람들 사랑을
확인하려는 듯 눈을 맞추는데…

너는 아직까지 기억하고 있었니?
여덟 개의 가지런한 꽃잎들이
신의 손길로 빚어져
세상으로 보내진 첫 번째 꽃이라는 걸

가을비

회갈색 하늘에서 내리는
가을비는 마음이 무거워

환한 봄의 영광과
타오르던 여름의 열정에
가을비 어깨는 짓눌려 있다

나무를 쓰다듬으며
생명을 불어넣는
봄비와 비교되는 게 서운해

툭 던지듯
음산한 겨울의 방문을 알리고
짧은 인연을 추스르는
우울한 전령사

한마디 인사도 못 받고
외로이 돌아서는
가을비 어깨 위로
계절의 고독감이
무겁게 내려앉는다

겨울 하늘

자신의 고유한 색을 찾은
코발트블루의 겨울 하늘
구름의 그림자조차
얼씬대지 못하는 청명함에
눈이 시리다

잘 벼린 긴 칼날에서
뿜어져 나오는 듯
겨울 하늘의
숨 막히는 절대적 색감은
성모 마리아
푸른 옷깃에서 보았던가

맑고 청명한 겨울의 하늘아
내 영혼의 티와 먼지를
말끔히 씻어다오
내 영혼에 푸르름을 입혀다오

겨울의 초상화

나무는
세월의 발자국 소리를 듣고
화려한 겉옷을
스스로 벗어놓으며
무채색 겨울의 주인공이 된다

그리고 본래 타고난 체형대로
비바람의 역사를 새긴
크고 작은 흉터며
굽은 가지를 숨김없이 고백하면서

나무의 기본과 절제라는
삶의 규칙 안에서
눈보라에 시달리면서도
새봄에 돋을 나무순을 보듬는다

청명한 겨울 하늘이
벌거벗은 솔직함이 좋아서
나목의 배경으로 선뜻 나서주니

겉치레도 과장도 없는
민낯의 겨울나무
이 계절의 초상화가 된다

나목

초겨울의 깨끗한 하늘 아래
맨몸으로 서 있는 나무들

나무는 벌거벗은 몸으로
긴 겨울을 어떻게 보내려는 걸까

얼어붙은 강물 아래에는
물고기들이 여전히 헤엄치고 있듯이
나무는 지난 계절 응축한 에너지로
치열하게 숨을 쉬며 겨울을 보내겠지
새봄의 생명을 틔우기 위해…

태양과 바람과 물이 만드는
자연의 변화에 순응하면서
하루를 성실히 살아내는
나목의 침묵 속의 강렬한 의지

단 한 번의 오늘
한 번뿐인 내 삶 앞에
나는 얼마나 성실하게 살아가고 있었나

가을이라는 철새

어느새 높아진
청명한 하늘 올려다보며
계절이 바뀐 것을 느낍니다

귀밑으로 스치는 바람 소리에
함께 들리는 어머니 목소리
밤하늘 달 위에 겹쳐지면
속눈썹에 이슬이 별처럼 맺힙니다

잠시 머물다 갈 거면서
그리움이라는 선물을 물어다 주는
가을이라는 철새

마음과 마음을 이어주려고
아름다운 오작교를 놓아주는
가을이 찾아왔습니다

눈이 오는 날

겨울과 봄의 손끝이
닿을 듯 말 듯
하늘 올려다보며
창밖의 계절을 점치는데

하느님은
눈가루를 채에 쳐서
솔솔 뿌리시네

떠나가는 겨울
섭섭하지 말라고
수줍게 오는 봄
마음 가볍게 오라고

하느님의 너른 마음
눈가루에 묻혀서
우리들 머리 위로
솔솔 뿌리시네

손주들 그리는 내 마음도

눈가루에 묻혀서
귀염둥이들 머리 위로
솔솔 뿌려주고 싶네

붉은 동백꽃

떠나는 겨울의 서운함이
봄의 옷자락에 매달려
꽃눈을 틔우기엔 아직 쌀쌀한데
가끔 동박새가 안부를 물어
찾아오는 붉은 동백꽃

윤기 나는 진초록 잎 사이사이
상처 난 가슴이 흘린 피 같은
붉은 꽃잎들이
노란 꽃술을 감싸 안고
발자국 소리에 귀 기울이네

기다림의 인내가 다하는 날
송이째 아낌없이 몸을 날려
흰 눈 위에서 명이 다하기를
두려워하지 않는
피맺힌 사랑의 상징

붉은 동백꽃

새벽녘의 초승달

숨을 죽인 겨울의 새벽녘
하늘 끝에 걸린 초승달

오로지 너와 나
둘이서만 주고받는
정다운 눈맞춤

섬세한 붓끝처럼 뾰족한 양 끝이
미소 띤 여인의 입꼬리인 듯
다정해 보이는 것은

마음에 담긴 염원을 읽은
달의 여신 아르테미스가
미소로 답해주기를 기대하는
간절함 때문인가?

바람

횅하니 뚫린
신작로를
내달리는가 하면

계절에 멍든
마음에도
바람이 들락거린다

때로는 꽃을 어루만지다가
바다의 파도를 불러내기도 하고
세상천지를
내달리고 휘몰아치며
누군가를 찾아 헤매는 바람

고단한 여로의 끝
마음 한 귀퉁이에
바람이 떨어뜨리고 간
빛바랜 메모지엔

외로움

2부

사랑과 인생

사랑 1

지금 너의 아름다움
지금 설렘 가득한 눈빛
지금 한 사람을 향한 간절한 마음
지금 이 모습, 이 마음 그대로

사랑은
함께하는 이 순간을,
시간을 가두고 싶어 하는
귀여운 욕심쟁이

사랑 2

사랑은
눈으로부터 온다고 하지
눈과 눈의 만남으로

눈은 마음을 염탐하고
뇌에 불꽃을 당기며
가슴을 뛰게 하네

온종일 생각의 그물에 갇혀
오로지 한 사람만 눈앞에 떠올라
시간과 공간은 잠시 의미를 잃는데

모든 감각의 어머니 촉각이
부드럽게 손을 내밀면
사랑은
두 사람을 하나로 재탄생시키네

사랑 3

사랑은 주는 것
무엇이든 주고 싶은 것
아무것도 바라는 것 없이
줄 수만 있다면 행복하겠네

금이라 일컬어지는
시간을 너에게 줄 수 있고
나를 너에게 줄 수 있다

너의 심장에 문제가 있다면
나의 심장을 떼어 주련다
네 앞에 서면 두근거리며
내 말문을 막아버리는 심장을

모든 걸 주고 싶은 염원을 담은
심장이 너의 체온에 둘러싸여
모든 순간을 함께할 수만 있다면

사랑에 대한 생각

누구는 장미라 하고
누구는 불꽃이라 하네
사람마다 한마디씩 던지는
사랑에 대한 생각

절실한 사랑을 잃은 사람은
심장에 박힌 가시라고 울먹이는데

사랑에 첫발을 내디딘
젊은이는 해맑은 웃음으로
무지개를 바라보네

내게 사랑은 뿌리 깊은 나무
맨몸으로 눈비에 씻기고
한겨울 거센 바람에 휘청거려도

봄의 따스한 사랑으로 싹을 틔워주면
고마운 마음 하늘에 전하며
사랑을 꽃피우는 나무가 되네

달팽이처럼

봄빛은 하얗게 빛나고
대기 속의 향기는 그윽하다

이슬 맺힌 풀잎 위에
달팽이 한 마리
느긋하게 옛 친구를 찾아 나선다

한숨짓도록 아름다운 봄날
마음 급하게 떠나려는
봄의 허리춤을 잡고 매달려 조르고 싶다

달팽이처럼
느릿하게 가면 안 되느냐고…

대나무 산책길

어린 대나무들이
줄지어 서 있는 한강 변 산책길
어깨를 부딪치며 둘이 걷기 좋은
대나무 길을 따라 가보면
운동화 밑으로 느껴지는
포근포근함
마치 날 기다리고 있었던 마음 같아

저 끝에서부터 불어오는 바람이
서로의 안부를 묻는 듯
사각사각대는데
혼자만의 산책이 외로워질 때
기억 한구석 잠들어 있다 깨어나는
어릴 적 옛 친구의 눈웃음
소리 없는 대화로 이어지는
대나무 산책길

사월

벚꽃 잎과 바람이 하늘에 펼치는
분홍빛 꽃우산 아래로 들어서면
몽환적 분위기에
저절로 미소가 얼굴에 번진다

라일락 향기에 이끌려 나가면
번잡한 고민 다 잊으며
이유를 알 수 없는 희열에 빠져서
하루하루가 덧없이 흘러가는데

넋이 나간 듯
향에 취한 듯
마음엔 웃음이 넘실대다가
어느새 사월은 가고…

일 년에 한 번 오는 사월,
삼백육십오 일 중
단지 삼십 일이어서
얼마나 다행인지…

짝사랑

그때는 잘 몰랐습니다
오로지 그대만 바라보면
어느 날 나를 향해
웃어주리라 믿었습니다

언제나 그대만 그리워하면
간절한 나의 창문
두드려주리라 믿었습니다

사랑시 그대에게 띄워 보내면
뜨거운 나의 심장
읽어주리라 믿었습니다

그때는 잘 몰랐습니다
사랑은 모자라면 채워주고
넘치면 덜어내야
사랑이 사랑으로 온다는 것을…

녹턴

어둠이 짙을수록
별은 더 빛나는데
이 밤의 고요는
풀벌레 소리조차 삼켜버린
침묵의 사막

밤은 한낮의 사소한 일들은
스치는 가을바람에 날려 보내고
날카로워진 감정의 서슬을
품속에 포근하게 안아줍니다

마음에 휘몰아치던 온갖 감정을
때로는 애절하게
때로는 광풍이 부는 것처럼 펼치는
밤하늘 위의 연주가
마음의 파도를 잠재우면

밤의 고독이 숙성시켜 놓은
포용과 여유의 멜로디로
마음의 페이지를 새롭게 채우고
새 아침의 문을 열도록 인도해 줍니다

시간의 간격

푸릇한 비린내 나는
젊은 시절
흔들리는 눈동자 속에
작은 희망의 씨를 심고자
우리는 열정적으로
내일을 얘기했었지

잘 익은 젊음과
조촐한 삶의 경험으로
하루를 살아내느라
둥지를 지키느라
힘이 부치던 중년
머릿속 가득한 생각들은
온통 오늘뿐이었는데

희끗한 머리 위에
세월의 두께는 묵직해지는데
마음은 더욱 공허해져
희미해지는 기억의 끈을 잡고
두서없이 이어가는 우리들 얘기
어제에 기대어 떠밀려 가는구나

잠이라는 놈

눈 부릅뜨고
책과 씨름해야 할
시험 전날 밤이면
잠이라는 놈은 어느새
눈꺼풀 위에 앉아 놀고 있었지

때와 장소를 가리지 않고
제멋대로 왔다 가는 잠

잠과 함께할 시간이
넉넉해진 요즈음
잠이라는 놈은 어디 놀러 다니다
새벽 두 시에야 슬슬 찾아들더니
새로이 떠오르는 태양에게
나를 인계하고서
여섯 시쯤 훌쩍 사라져 버린다

그나저나
영원한 잠의 대마왕은
언제쯤 나를 찾아오려나

트라우마

시간이
무심히 흘러가듯
기억도
그렇게 흩어져 버릴 줄 알았는데

너는
아직도 내 마음속에 남아 있느냐
죽비로 후려치며
내쫓으려 애를 썼는데…

날이 선 감정에 짓눌려
뒤척이는 으스름 새벽녘
엷은 잠을 흔드는
기억의 실오라기는

아직도 애타게 쫓아가는
부산행 피난민 열차
아직도 등줄기에 식은땀 흘리는
일곱 살짜리 여자아이

상사화

그 이름 부르기조차
애처로워라
네가 품은 전설이
애처로운 이름을 불러왔나

꽃과 푸른 잎을
한 폭의 그림에 담을 수 없으니
계절 따라 엇갈리는
인연의 덫을 원망하는 그 모습
차마 보기 안타깝구나

연보라가 스쳐 간 분홍 색깔로
함초롬히 사연 머금은 갸름한 꽃잎
가까이 오라는 꽃술들의 손짓에
차마 발을 떼지 못하는
마음 약한 나그네

노을마저 저 산을 넘어가야
상사화 곁을 떠나겠지
내 것인 줄 알았는데 내 것이 아닌
마음 한 짐 내려놓고서…

각도

각도를 단지
냉철한 숫자로만 알다가
각도 속에도 감성과 의미가
감춰져 있었음을
이제야 알게 된 늦깎이

벤치 위의 두 남녀
서로를 향해 고개를 꺾는 십오 도는
가까워지고 싶은 관계의 시작,
친밀감의 발전이
각도를 바꿔놓겠지요

큰 우산을 든 아빠가
사십오 도 기울여 받쳐주는 대상은
유치원에서 돌아오는 귀여운 딸
조건 없는 사랑이
우산 속에 가득하네요

바깥쪽 어깨 하나씩 젖더라도
꼿꼿이 받쳐 든 한 우산 속 남녀,

인생 고락 삼십 년 차
동지 같은 부부의 하나가 되어버린
결속력이 남달라 보입니다

전하고픈 풋풋한 마음이,
숙성된 인생의 두께가
고개의 각도에,
우산의 각도 속에 숨어 있는데

그대와 내가 만든
각도의 의미는 무엇일까요?

숲으로 떠나고 싶다

계절이 옷을 갈아입히는
단풍나무 아래에 앉아
가을 햇볕에 곱게 물들고 싶다

절제되지 않은 감정을 터뜨리는
음악이라는 소음에 지치는 날엔

노을이 머무는 강물 속에
깊숙이 들어앉아
침묵의 소리를 듣고 싶다

보고, 듣고, 가진 것들이
의미 없는 것임을 깨닫는 날엔

산등성이를 훑고 내려온 바람이
아름드리 소나무를 떨게 하는
검푸른 숲으로 떠나고 싶다

푸근하게 숲에 안겨
바람과 나무의 대화를 들으며
숲의 일부분이 되고 싶다

무던한 두 발

날렵하고 멋진 구두에
어울리지 않아 못마땅하던
통통하고 넓적한 나의 두 발

세월의 두께가 내려앉아
껄끄러워진 발바닥의 주름살은
인생 여정을 보여주는 지도가 되었네

통통 붓고 화끈거릴 정도로
과로하고 힘들어도 지금까지
불평 한마디 없이 참기만 했었지

밑바닥에서 무거운 몸을 떠받쳐
눅진한 땀 흘리며
걷고 뛰어다닌 기나긴 세월

무던하게 한평생 봉사만 해온 발
고생 너무 많았지? 정말 미안해
그리고 정말 고맙다

낙서 1

마음의 가장자리를 맴돌며
무심히 긁적이는 글씨

여기저기 흩어졌던
생각의 조각들이 하나둘씩
모여들어 손을 잡으면

퍼즐처럼 맞춰지는
고유명사와 형용사들이
문장을 이루며 숨을 고르다가

마음의 고리가 열리는 순간
세상을 향해 외친다

낙서는
펜 끝으로 흐르는 마음의 소리
세상 빛 보기를 고대하던
진심의 소리라고…

너를 내려놓으면

탐욕으로 덧칠한
마음을 태우고
목적지를 정하지 않은 채
그냥 달려가는 강변로

이 길 끝까지 달려가서
어딘가에 너를 내려놓으면
집착이나 갈망에서 벗어나
자유로움을 호흡할 수 있을까?

사람의 마음을 탐하지 않고
쓸데없는 물질에 욕심내지 않는
속이 비어 있는 대나무처럼

너를 내려놓으면…

강아지 유모차

사람들 사이를 비집으며
할머니가 밀고 가는
유모차 안에는
팔자 좋은 강아지 두 마리

인생의 황혼기에는
가슴 하나 가득
손주들 품으리라 생각했는데

딸은 비혼주의자
아들 며느리는 무자녀주의자

휑한 시간의 벽 앞에서
체온을 나누며
사랑에 기댈 존재는
눈빛으로 교감하는 강아지들뿐

인간의 고독을
동물에게서 위안받으며
노년의 헛헛함을 태우고 가는
할머니의 강아지 유모차

십일월

스산한 바람에 떠밀려 와
어정쩡하게 머문다

걸어온 길은 아득한데
큰 보람도 없고
가야 할 길은 얼마 남지 않았는데
곧 끝나리라는 아쉬움도 없어

뭔가 결정하기에
애매한 시점
십일월

나무가 붙잡기를 포기한
나뭇잎들이
함부로 구르는 거리를
노인들이
휘적휘적 걷는다

보듬지도 내치지도 않는
십일월

단풍잎

뜨거운 햇볕에 길들여지고
비바람에 휘청거리며
안간힘으로 버텨내는 사이

아기 손바닥 모양 단풍잎의
연녹색 청순한 봄이
붉은색 가을로 변해버렸네

푸른 하늘 배경으로
붉은 드레스를 입은
무녀처럼 춤을 추다가

누군가의 책갈피에 누워
그들이 나누는 사랑 얘기
야위어가는 잎맥 속에 간직했는데

어느 날 사랑은 떠나가 버리고
웃음도 눈물도
흔적 없이 사라져

사랑의 낙인 같은 붉은 단풍잎이
짧았던 역사를 아쉬워하며
찬란한 슬픔을 전하려 하네

듣는 지혜

세상 빛을 보기 전
아가는 따뜻한 엄마 배 속에서
엄마의 목소리를 들으면서
두 사람의 관계가 시작된다고…

말하고 들으며 공감할 때
때론 뜨거운 눈물이
때론 마음의 짐을 덜어주는
시원한 바람이 불거늘

우리는 만나기 바쁘게
쌓여 있던 말 쏟아내느라
치열하게 시간을 쓰지만
여전히 공허하고 외롭기만 할 뿐

솔로몬왕은 하느님께 제사를 올리며
국민들의 소리에 귀 기울이는
듣는 지혜를 달라고 청했다던데

자기주장에 빠져들지 않도록

'듣는 지혜의 등불을 켜주세요'
겸손하게 기도 올려야겠네

반 고흐의 해바라기

반 고흐 미술관 벽에 조용히 걸려 있는
황금색 해바라기
애잔한 눈빛들이 한참 머물다 간다

남루한 한 칸 방에서
가난에 시달리면서도
오로지 그림에만 열정을 쏟던
고흐의 외줄기 사랑이

외로움에 빛이 되어줄
친구 고갱의 마음을 얻기 위해
밤잠 설치며 정성으로 그린
해바라기 그림 네 점

사소한 충돌로 떠나간 친구 그리며
한쪽 귀까지 자른 채
자신만의 색다른 화풍을 창조하며
그림에 미쳐 있던 고흐

황금색 해바라기 꽃잎 뒤에는

고흐의 영혼, 삶 자체였던
고독한 인간의 창작 욕구가 불타고 있다
결코 시들거나 꺼지지 않는…

이제는 밤하늘 빛나는 별이 되어
세상 사람들에게 위로를 주는
고흐와 그의 해바라기

길 잃은 마음
– 코비드 19 팬데믹 만 2년

여기는 어디인가?
어느 행성에 와 있는가?
눈길 한번
편하게 머물 수 없는 이곳
온통 낯설고
숨 쉬기조차 조심스럽기만 해

마음 한 점
뉘었다 가고픈 공간도 없는데
말 한마디
나눌 수 있는 사람은 있을까?

마음은
단단히 뭉쳐버린 돌덩이 같아
눈물방울도
행선지 없는 여행을 떠나버리고
앞으로도 뒤로도
내디딜 수 없이 굳어버린 발걸음

절대적 고독을 호흡하며

이성과 감성의 끈을 놓아버린 채
향기가 증발된
음악이 움츠러든
그림이 시커멓게 지워져 버린
텅 빈 세상에서 길을 잃다

지평선

산도 언덕도
바위 한 덩이 없이
무한대로 펼쳐지는
몽골 푸른 들판의 끝
거기에 지평선이 있다

태양은 눈을 내리깔고
곧 아득한 세계로 떠날 거라고
지평선에 매달려 중얼거리는데

백발이 성성한 노인이
노새 한 마리 이끌고
지구를 가로지른다

바람이 되어

어느 날
내가 지구를 떠나간 후

바람이 되어
다시 돌아오고 싶다
사랑하는 사람들 그리워
견딜 수 없을 테니까

라일락 향이 짙은 저녁
너의 창문이 가볍게 흔들리면
널 그리던 내 마음 바람이 되어
문 두드린 거라고 알아주기를…

3부

신화 속에 피는 꽃

제비꽃

작지만
눈에 띄고 싶어서
진보라색으로
꽃잎을 물들였답니다

겨울 추위가 매서워도
누군가에게 봄을 알려야 했기에
겨우내 고통의 시간을 이기고
보랏빛 꽃을 피울 때면

아무리 먼 곳에 있어도
고되고 힘든 날갯짓 하며
때를 맞춰 찾아오는 제비들
아마도 기억하고 있었나 봅니다

'나를 잊지 말아요'

바람결 따라 띄워 보낸
제비꽃의 애절한 한마디를

마음으로 오는 봄

찬 바람 맞으며
나목 사이를 걷고 있는
나를 보았니?
겨울이 데리고 온
외로움에 갇혀버린 나를

따스한 입김으로
언 땅을 녹이고
매화 꽃순을 다독거리며
조바심 내는 네 마음은

하루바삐
내 품에 안겨주고 싶은 거지
봄이라는 선물을

네가 저 멀리
바다 건너에 있어도
입술 위에 봄이라는 이름 올리면
마음속엔 금방 설렘이 차오르지

그리고 귀에 들리는 속삭임
봄은
마음으로 오는 거라고…

아네모네
− 신화 속에 피는 꽃

이 강렬한 붉은 꽃잎은
그를 향한 아프로디테의 사랑인가요
신과 인간이 주고받은
너무나도 짧았던 사랑의 기쁨

사랑의 그늘에 숨어
칼을 갈고 있는 잔혹한 질투심에
전쟁의 신도 휘말려 불타올랐다지요?

아레스의 질투의 뿔에 받혀
흘러내리는 피는 신이 마시는
넥타르의 영험함도 소용없었다는데

아도니스의 감겨진 속눈썹처럼
슬픔 가득 맺힌 검은색 수술이
붉은 꽃잎을 꽉 잡고 있네요
이별의 애절함을 반복하지 말자고…

아름다운 외모가 불러온
사랑과 질투의 다툼 속에 스러져 간

아도니스의 처절한 운명이
이 땅 위에 뿌리고 간 핏물 위에서
애처롭게 피어나는 신화 속의 바람꽃
아네모네

오늘도 여인들 심장에 바람이 입니다

벚꽃 천국길

이 길이
천국으로 가는 길일까

약속한 듯 동시에 피어난
연분홍 벚꽃들이
천국길을 환하게 열어 보여준다
상큼한 봄의 향기와 함께

유모차 안의 아기 얼굴에
팔십 대 노인들 주름 위에
번지는 순박한 웃음
천국의 사람들은 이런 모습이겠지

어제와 내일을 잊은 듯
지금, 이 순간의 행복만으로
감사의 기도가 나오는 벚꽃 천국길

질투하듯 세차게 내리는 봄비에
너무 빨리 다가온 벚꽃의 종말

찬란한 벚꽃 천국길은
봄날 한순간의 꿈이었나 보다

여운

길 건너
흰색 건물의 푸른색 출입문
그대 손때 묻은 정겨움에
가슴 설레며 바라봤는데

이제
그대 빠져나간
텅 빈 가슴은
먹먹함뿐이네

퇴색된 사랑이 되돌려 준
자유로운 마음은
날개 달린 구름처럼
마냥 가벼울 줄 알았는데

다 전하지 못한
애틋함의 찌꺼기
남아 있었나

후드득

빗방울 되어
뺨을 때리네

마음의 속도

쨍하게 갠 여름날
눈은 청청한 나무들 사이
양산 쓴 아가씨들을 따라가는데

마음은 느긋하게
가족들 생각으로 버무린
오월의 하루를 산책하고 있다

살아온 시간이 늘어날수록
마음이 움직이는 속도는
점점 더 느려지는 건가
뒷걸음질 치고 있는 건가

오늘이라는 시공간에
몸은 존재하고 있는데

마음은 어린애가 되어
엄마 무릎을 베고
밤하늘의 별들을 세고 있다

이우환의 〈Dialogue〉

무색의 캔버스
한가운데 정좌한 점의 존재감

작가는
얼마나 많은 번민과
고독한 시간을 잉태한 끝에
이 점을 탄생시켰을까

정신력을 집중하고
온몸의 힘을 모아
한 번의
붓끝으로 전하고픈 작가의 염원

내 눈동자에 던지는
그의 절실한 대화의 주제는 무엇인가

잡다한 염려와 욕심 다 비우고
한 점처럼 단순하게 살라는
시공을 초월한 진실의 한 조각이런가

이팝나무

이 봄날, 나뭇가지 위에
소복하게 흰 눈이 쌓이다니
한순간 나를 당황케 하는
이팝나무
실바람에 흔들리는 눈송이가
이제 꽃으로 보이는구나

"이팝에 고깃국 한 그릇이면
복 받은 생일상이니 맛있게 먹어라"
어릴 적 생일상 차려주시며
내 손에 숟가락 쥐여주시던 할머니
이팝나무가 오랜만에
할머니와의 추억 속으로 날 데려간다

이팝에 고깃국 먹는 게 소원이라는
배고픈 북한 동포들은
이팝나무 바라보는 그 마음이 어떠할지
나눌 수 없는 안타까움에
시려오는 이 마음 감출 길 없네

호박꽃

어릴 때는
꽃 중에 제일 못생겼다고
타박을 했던 호박꽃

세월 지나고 다시 보니
칭얼대는 손자들의 투정을
무던하게 받아주는
할머니처럼 푸근한 꽃이네

지혜로 내 눈이 밝아진 건가
세월이 내 마음을 넓혀놓았나

봉숭아꽃

'나를 건드리지 말아요'
칼날처럼 생긴 녹색 잎들이
봉숭아를 둘러싸고 날을 세우지만

봉황을 닮은
붉은 꽃들의 손짓에
나긋한 손들이 꽃밭을 맴돌다가
꽃송이를 데려간다

백반과 버무린 봉숭아 꽃물
손톱 위에 얹고
깊은 잠 못 이루며
꿈꾸어 보는 새빨간 손끝에

첫눈이 오기까지
꽃물이 손톱 위에 머물게 해달라고
기원하는 첫사랑의 소망

소박한 시대를 살아온
어린 소녀들의

애틋한 낭만을 물들이던
봉숭아꽃

모든 게 다 그리움이다

비 쏟아지는 날

하늘도 참을 만큼
참았나 보다

결국 울음 주머니 터뜨려
마음 가득 쌓여 있던
근심 걱정을 다 쏟아버린다

아픔에 얽매인 사람
가슴속의 매듭 풀지 못해
입술 깨물며 울음 참고 있더니

목적지 없는 발걸음에 쏟아지는
빗물로 눈물 씻어 내리며
흐느낌도 빗소리에 녹여
마음의 무거운 짐을 쓸어내 버린다

모처럼 하늘과 땅의
마음이 통하는 날

뒷모습

고개를 뒤로 꼬아도
스스로 볼 수 없는 뒷모습
거울은 성실하게 앞만 보여주니
내 뒷모습 어찌 평가할 수 있을까?

세상 사람들은 앞에 마주 서면
비단처럼 매끄러운 말을 하다가
뒷모습을 보일 때면 목소리 낮춰
껄끄러운 말들을 뱉어내지

어느 날 내가 저 구름 뒤로 떠나며
아스라이 뒷모습만 남겼을 때
사람들은 나를 그리워할까
껄끄러운 말을 할까?

오래전 영화 〈워털루〉에서 보았던
남녀 배우의 우산 속 뒷모습은
낭만적인 사랑 가득한
아름다운 뒷모습이었는데…

실비 속의 환영

옥색 명주실이
바람에 흩날린다

가야금 가락으로만
이 운치를 살릴 수 있는
그림 같은 자연의 순간

닿는 느낌도
차가운 느낌도 못 느낀 채
발끝만 내려다보며 걷다 보면

실비에 눈물이 가려진
흐릿한 길 너머에

우산을 들고 날 기다리던
엄마의 환영이
바람에 흔들리며 사라지네

참으로 오랜만에 품은
만남의 기대가

실비 속에 스러지는
처연함이여!

비 오는 거리의 무지개

노란 우산, 호피무늬 우산,
꽃무늬 우산, 큰 골프 우산,
투명 우산, 명화를 얹은 우산…

빗속을 묵묵히 걷는 이들의
개성이 우산으로 펼쳐지며
비 오는 거리에 무지개가 피어나면

공주 우산, 스파이더맨 우산을 쓴
유치원 아가들도 우산 자랑으로
재잘거리는 목청이 높아진다

이제 시커먼 검정 우산들이
골목길을 가득 메우던
무취미, 몰개성의 시대는 지나갔다

비 오는 날은
회색빛 고층 건물과 검은 아스팔트를
캔버스 삼아

개성적 우산들이 그려내는
모던 아트를 전시하는
멋진 날이다

반 고흐

그림 그리느라 뜨거운 열정을 바쳤지만
끝내 인정받지 못한 좌절감 속에
예술적 고뇌와 싸우다
정신병원에서 하늘로 가버린
외로운 화가 반 고흐

중학교 미술 교과서에 실린
그의 황금색 〈해바라기〉는
희미한 기억으로 접어놓은 채
무심히 살아온 나
머나먼 암스테르담에서 힘들게 찾아간
반 고흐 미술관

〈해바라기〉 그림 앞에 마주 섰을 때
수십 년 만에 되살아난 감성과
북받쳐 오르는 감동의 회오리
고통 속에 창조한 아름다움이
나를 기다리고 있었네

이제는 검푸른 하늘에 꿈틀대는

〈별이 빛나는 밤〉이 더 정답게 느껴진다

개성 넘치는 그림을 그리는
어린 손자가
반 고흐를 제일 좋아한다니
세대를 관통하는 그 안목에
그저 놀라고 감탄할 뿐

하늘의 은밀한 계획

나이 들어가며
하나씩 맞닥뜨리는 불편함 속에
하늘의 은밀한 계획이 숨어 있었음을
오늘에서야 깨닫게 되었네

눈이 잘 안 보인다는 건
세상의 쓸데없는 것들 보지 말고
꼭 필요한 것만 집중해 보라는 것이고

귀가 잘 안 들린다는 건
잡다한 소리 듣고 마음 상하지 말고
바른 소리에만 귀 기울이라는 것이고

익숙하던 단어가 떠오르지 않아
하고픈 얘기 다 털어놓지 못하는 건
안 해도 될 얘기 하지 말라는 거라네

삶에 필요한 것만 보고
바른 소리에 마음 다스리며
입은 무겁게 참된 말만 하면서

품위 있고 존경받는 어른이 되라는
하늘의 간절한 바람이 숨어 있었다네

투정

아무 죄 없는
돌멩이 하나 발로 차버리고
하늘을 올려다본다

하늘이 청명해질수록
바람에 실린 꽃향기 진해질수록
막연한 기다림의 조바심은
끝을 향해 달리고…

길섶에 피어난 패랭이꽃
고개를 외로 꼬고 쳐다본다

발끝에 실린 투정이
그리움이라는 걸
알고 있다는 듯이

달항아리

보름달을 닮은 유백색 얼굴에
은은한 윤기를 두르고
풍만한 가슴으로
포옹을 기다리고 있는 너

너의 미소 뒤에는
땀을 머금은 거친
흙손의 정성과 열정이
가마 속의 높은 열에 녹아내리고

잠 못 이루는 번민에 떨면서
우주를 품으려는 꿈을 꾸던
도공의 혼이
은근하게 빛을 뿜어내고 있구나

외로운 달빛이 벗해주는 밤에…

별들의 눈물

간밤에
별들에게 무슨 일이 있었을까

별들이 흘린 눈물이
이슬방울 되어
풀잎 위에 송송 맺혀 있네

발을 구르며 흘러가는
검푸른 한강 마주 보며
앞을 가로막은 세상의 걱정들을
데려가 달라고 입술 깨물며 울던
외로운 청년을 보았던 걸까

너무 애처로워서
터질 듯 답답한 가슴을 치며
어젯밤 별들이 실컷 울었나 보다

빗소리

바람은 어디론가 떠난 듯
고요한 휴식을 남기고

새도 나무도
조심스럽게 숨을 내뱉을 뿐

오직 빗소리만
이 세상을 지배하는 새벽녘

바다 건너 멀리 간 친구가
오랜만에 돌아와 창문 두드리는 듯

빗소리는 가늘고 낮게
다정하고 부드럽게…

혼미한 꿈속의 새벽잠을,
잊었던 친구의 추억을 깨워줍니다

두브로브니크 .

오렌지처럼 잘 익은 태양이
두 팔 벌려 나를 맞는다
투명한 에메랄드빛 아드리아해가
품으로 뛰어들라 손짓한다

이름 모를 꽃 향기가 뺨을 스치며
수백 년 전
성벽을 쌓은 사연을 들려주는 곳
두브로브니크

병사들의 함성을 머금고 있는
대리석 길바닥 위로
낭만을 찾아온 연인들이
사랑을 떨구고 간다

스폰자 궁전 앞뜰에서
악사들의 연주는 계속되고
붉은 산호 귀걸이의 소녀가
수줍게 동전 몇 닢을 내려놓고 가는 곳
두브로브니크

오늘 이곳을 함께 찾은
친구들의 우정과
나의 부족함을 용서해 주는
가족들의 사랑에 가슴 뻐근해지는 곳
삶을 허락하신 신에게
감사의 기도가 절로 나오는
두브로브니크
하늘 아래 천국…

하느님의 그림

동작대교 건너는
버스 창가에 앉아
편안한 마음으로 감상하는
하느님의 그림 솜씨

무지개 일곱 가지 색을 가지고
넓은 하늘을 캔버스 삼아
입김 한 번으로
구름을 모았다 헤쳤다

어제는 푸른색 배경에
청량한 풍경화를
오늘은 회색 물감 풀어
음울한 추상화를

아무도 따라 그릴 수 없는
어디에서도 보지 못했던
이 순간에만 볼 수 있는
유일한 창작품

닫혀버린 미술관에
그림 구경이 고팠던 내게
마음 가득 채워주는
하느님의 선물

아부다비 사막에서

인간의 기술과
예술이 탄생시킨
최고층 높이와
건축의 미학을 자랑하는
두바이

대도시의 현란함과 잡음이
가만히 귀 기울이면 들릴 듯
멀지 않은 곳
광활한 아부다비 사막

빛과 그림자
바람만이 존재하는 곳

억겁의 시간이 만들어낸
고요 속에
손가락 사이로 빠져나가는
하얀 모래알
유한한 존재의 허무함에

인간은 절로
무릎을 꿇는다

절대 고독의 세계에서
거역할 수 없는
신의 존재를 재확인하며

내 삶의 바닥에 가라앉은
겸손함을 찾아
새삼 눈뜨게 하는 곳

장미의 의미

네 이름은 장미, 사랑의 대명사
사랑의 마음을 전할 때 너를 안기고
아름다움을 너에게 비유하지

사랑이 올 때
그녀 품에 너를 안겨주었는데
사랑이 떠나면
허전한 품 안에 향기만 희미한데

마음을 끌어당기는 장미 꽃잎만 보고
가시를 보지 못하는 인간의 미련함

가시로 손을 찌르며 상처를 주어도
가슴에서 피가 흐를 때까지
사랑은 되돌아설 줄 모르고
외길을 달려가는 열정뿐이라고

사랑 앞에 길을 잃은 이에게
날카로운 가시로 전하는
장미의 의미

피라미드 앞에서

권세를 누리던 파라오의 웃음소리
노래와 춤의 축제 같은
제사의 뒤안길에
켜켜이 새겨진 역사 속의 얘기들이
하늘 향해 쌓아 올린
무거운 돌덩이만큼이나 굳어져
하얀 전설처럼 변해버린 곳

뜨거운 태양 아래
고요와 바람이 공존하는 황무지에
인간은 유구한 역사를 짊어진
장대한 스케일의 유산에 짓눌려
초라하고 엄숙해지는 곳…

피라미드

모래바람이
사천 년의 역사를 할퀴며 불어대도
그 육중한 침묵을 어찌 깰 수 있으리

4부
새 생명의 선물

눈에 넣어도 아프지 않아

'눈에 넣어도 아프지 않다'는 말
얼마나
사랑스러우면
눈에 넣어도 아프지 않을까

웃음과 행복을
무상의 선물로 주는
쌍둥이 손주들을 만나고부터

울고 웃고 떼쓰는
손주들 모습 너무나 사랑스러워
나도 모르게 하는 말
"눈에 넣어도 아프지 않아"

한준과의 첫 대면

네가 처음
세상 빛을 본 다음 날
우리는 가슴 벅차게 너를 기다렸다
유리창을 사이에 두고
간호사의 품에 안긴
너와의 대면을

흰색 담요에 푹 싸여
오른쪽 실눈 뜨고
우리를 보는 걸까?

"아가야, 왼쪽 눈도 떠봐
두 눈 한번 크게 떠보렴
여기 할머니 할아버지 왔단다"

아가는
두 눈을 계속 끔벅거리네
두 눈 크게 뜨려고
저리도 애를 쓰네

얼마 후
아가는 두 눈 크게 뜨고
온전한 모습으로
우릴 바라보네

우리는 가슴과 가슴으로
통하였구나
서로를 보고파 하는
간절한 염원이…

일 분 누나 한서

좁고 캄캄한
엄마의 뱃속
밑에 깔린 네 모습에
마음이 쓰였네

태어나면
더 가까이 사랑해 줘야지

사내애들만 키워본
투박한 할매
높은 목소리, 예민한 반응에
머리카락 곤두서네

반년 지나며
사람 꼴이 되어가는
우리 손녀
상냥한 웃음으로 할매를 녹이네

동생 잘 보라는
엄마의 당부 없건만

동생과 엎드려 노는
일 분 먼저 태어난 누나

입을 뻐끔거리며
재미도 주고
누나 손 잡는 동생의 턱 간질이며
사랑을 주네

아무도 가르친 적 없는
남매간 우애
손녀는
신에게서 배워 온 걸까?

한웅이의 선행

아침 먹은 게
잘못된 어린 소년
혼자 몸부림치다
교실에서 토해버렸네

흉한 오물과 고약한 냄새에
코를 막고 멀리 흩어진 친구들,
외로운 섬에 홀로 앉아
말없이 소년 눈물 떨구네

뒷자리에 앉은 마른 친구, 한웅이
휴지 움켜쥐고 슬며시 다가와
얼룩진 소년의 얼굴을 닦아주네
눈물범벅 된 눈 주변과
냄새나는 입 가장자리도…

헛구역질 눌러가며
걸레를 빨고 또 빨아
소년의 주변을 깨끗이 닦네

당황함이 변하여 안도감으로…
선생과 소년들은
재미없는 하루 수업을
무난히 마치었네

마른 친구는 평소처럼 말없이
집에 와 몸을 씻으며
어려웠던 하루를 흘려보내네

남의 식구에게서 듣게 된
이 친구의 선행,
우리는 몰랐네
작은 성자聖者가 우리와 함께
살고 있었음을…

한준이의 첫걸음마

통통한 발을 들어
한 발자국, 한 발자국
엄마 품을 향해
떼는 걸음마
자랑스러운 웃음이
얼굴에 퍼지네

이 세상이
누워만 있기에는 볼 게 너무 많아
할 일도, 갈 곳도 많다는 것을
어찌 알았을까

잔디 위를 뛰어다니게
운동화를 사줄까

동화책이 살아 숨 쉬는
디즈니랜드로 한번 떠나볼까

첫걸음마 떼는
한준이의 손 잡고

내 마음은 어느새
세계 여행길에 나서네

사회적 동물

엄마 품에 안긴 한준
허리를 꼬며
얼굴을 우리에게 향한다

저만치 떨어져 앉은
아빠 무릎 위의 한서
가끔 높은 소리로
자신의 존재를 알린다

식구들이 둘러앉은
이야기 마당
얼굴 보며 끼어들어
얘기 나누겠단다
소리 높여 중얼대며
한몫을 하겠단다

팔 개월 된 쌍둥이 손주들
사회적 동물이라는
인간세계로
성큼 들어왔다

행복한 순간

너희들을 보면
웃음이 절로 난다

너희들이 부르면
귀가 쫑긋 선다

너희들이 얘기하면
정신이 반짝 살아난다

너희들과 함께하는
가슴 뛰는 이 순간들
더 누리고 싶다

너희들이 대학교 가는 모습
뿌듯한 마음으로 보고 싶다
오래 살고 싶어진다

손주들의 기도

목에서 시작된 코로나 조짐의 사나흘
아들에게 소식 알리려 전화했을 때
목소리를 잃어버린 나를 애처롭게
바라보던 손주들 모습

가벼운 감기처럼 지나간다더니
나는 코로나 19 심한 고통의 터널
빠져나오는 데 두 주일 걸렸네

오랜만에 전화 화면으로 보게 된
일곱 살짜리 쌍둥이 손주들
갈라진 목소리로 반가워하는 나에게

"할머니, 할머니 목소리가
어떻게 다시 찾아왔는지 아세요?"
"..."
"할머니가 말할 수 있게
목소리 빨리 돌아오라고
우리가 열심히 기도했어요"

고마운 마음과 함께
가슴 뭉클하고 뜨거워지는 눈시울
너희들의 기도가 나를 낫게 했구나!

어린 손주들의 고운 심성을
어떤 아름다운 말로 표현할 수 있을까?

예기치 못한 질문

유치원생 손주 한서, 한준에게
에그타르트를 나눠주며
"이 과자는 유럽에 있는
포르투갈이라는 나라의 과자야
나라마다 자기네 고유 과자가 있단다"

한 입씩 베어 물고 맛보며
"그럼 한국의 과자는요?"
"미국 과자는 어떤 거예요? 일본 과자는요?"
번갈아 질문이 이어진다

다음에 올 때 한국 과자와 일본 과자를
사 오겠다고 약속하는데
"그런데 일본은 왜 우리나라 땅을 뺏어서
자기네 땅으로 만들고 싶어 할까요?"
한준의 예기치 못한 질문에
그냥 말문이 막힌다

우리나라 역사를 배운 적이 없을 텐데
한일 관계에 대해서 질문을 하다니…

짧고 명확한 대답을 찾는 나에게
우리 땅을 안 뺏기려면
우리가 강해야 된다는 말까지 한다

일본에 대항해 독립운동을 하셨던
증조할아버지가 살아 계셨다면
이 손주들을 얼마나 대견해 하셨을까?

하코네 온천 노천탕에서

빽빽이 자란 나무 사이
호위무사처럼 우뚝 선 삼나무
그 묵직한 향기가
온천물 위를 가볍게 날아오른
하얀 김을 끌어안을 때

골짜기를 따라 내려온
산바람이 내 머리를 식히고
매끈한 온천물은 몸을 감돌면서
고단함에서 나를 풀어줄 때

온전한 쉼…

해야 할 일도
세어야 할 시간도
다 내려놓으라고

~ 때문이 아니라
~ 덕분에 고맙다고

바람을 타고 날아온
벚꽃 잎이 전하고 간다

홍매화나무 아래

연분홍 안개 속으로
발 디뎠나 했는데

어느새 활짝 핀
홍매화 꽃들이 깔깔 웃으며
나를 반겨주네

약속한 듯
동시에 피어나니 외롭지 않아
소곤소곤 재잘재잘
꽃들의 대화는 그치지 않아

봄을 데려다주어 고맙다고
웃음을 피워주어서 행복하다고
말하는 사이

꽃잎들은 바람 따라 흩날리며
꿈결 같은 풍경 속으로
나를 이끄네
내 어깨에 사뿐히 몸을 뉘이네

할머니의 봄날

유모차 안의 어린 손녀가
무표정하게 하늘 올려 보다가
꽃 보고 손뼉 치며 웃어대면

손녀 얼굴 보며 한 번,
곱게 핀 꽃을 보며 또 한 번
할머니의 행복이 활짝 피는 날

두꺼운 겨울의 갑옷을 벗고
제 얼굴 다시 찾는 꽃을 보며
할머니는
생활 속에 널린 걱정을 잊고

봄의 한 귀퉁이에 피어난
한 송이 꽃이 되어
손녀와 웃음을 나누는
행복한 봄날이 된다

오월에 바라보는 손주들

찬물에 세수한 것처럼
정신이 번쩍 나면서
명료한 세상이 눈에 들어오는 오월

아가였던 손주들이 가방 메고
교문 앞 인사하는 기특한 모습 뒤에

부모의 애틋한 사랑과 뒷바라지,
조부모들의 정성과 응원이
오월의 햇살을 받아 드러난다

세상 빛을 누리는 귀한 존재로서
우리 집 손주가 되어준 게 고맙고

깍듯한 존댓말로 대화하니 신통하고
조부모 건강을 챙겨주니 감동하고
예상치 못한 웃음 선물 주니 행복하고…

오월엔
감사하다는 인사가 절로 나온다

밤하늘의 별에게

단 한 번의 인생이기에
사랑하는 가족의 사랑과 안녕을
공손하게 두 손 모아 빌었다

더 살기 좋은 세상 이루는 데
작지만 한몫을 할 수 있기를
밤하늘의 별에게 간절히 전했다

침묵으로 채워진 대기는
고독한 세상을 살아가야 하는
존재임을 일깨워 주었지만

내 눈과 마주치는
별의 반짝임은
내 염원을 알았다는 듯
가슴으로 메시지를 전해주었다

내일은 새로운 태양이
가능성의 시간을 선물할 거라고,
염원은 간절함이 전부가 아니라
열정을 불태우는 노력이 먼저라고…

복숭아

새콤달콤한 향기에 끌려
네게로 손 뻗으면
솜털 같은 피부가
보드랍기도, 까칠하기도 하다

달고 단 즙이 흘러
슬슬 벗겨지는 껍질 아래
매끄럽게 빛나는
뽀얀 살결

살짝 베어 물면
뿜어져 나오는 과즙과
부드러운 속살이
입 안에서 절로 녹으며
목 넘김을 재촉하는데

다시 크게 한입 베어 물면
입 안에 번져나가는 행복감에
스르르 눈이 감기면서

복숭아나무 옆에 둘러앉아
큰 부채를 부치며 담소하는
동양화 속 신선들이 보인다

잠시 천상의 행복을 느끼는 기쁨

자장가

눅눅하고 꿉꿉한 장마철
자연스레 눈살이 찌푸려지는데
그래도 어린 손자 녀석은
쌔근쌔근 잠을 잘 자네

차분차분 내리는 빗소리에서
엄마 자장가가 흘러나오나 보다

손자 옆에 누워
보고 또 봐도 사랑스러운
잠자는 얼굴 바라보다가
스르르 나도 잠에 빠져버린다

손자 녀석의 편안한 숨소리에서
나를 잠의 오솔길로 이끄는
자장가가 흘러나오니까

하늘나라 엄마

엄마가 하늘나라 가신 지
벌써 여섯 해

꿈에서조차
얼굴 한번 안 보여주는 엄마
뒤에 남겨놓은 세 남매
까맣게 잊으신 걸까
그리움이 서운함으로 변해가네

어버이날 엄마 생각하다가
아!
이제 알겠네

수십 년간 가슴에 묻어두었던
어린 세 남매

이제 엄마 아빠 없이
서럽게 지냈을 세 남매에게
그리움의 매듭 다 풀고
사랑 채워주느라 바쁘시겠네

사랑한다는 말

결혼식장의
신랑 신부가 눈을 맞추며
들숨 날숨으로 주고받는 말
사랑해 사랑해 사랑해

언제 들었던가
나를 사랑한다는 말
잠시 아찔해지는 그 말을…

햇볕에 붉은색 바랜 채
불그레한 흔적뿐인 벽돌담처럼
내 언어사전에서 거의 지워진 말
사랑해

수십 년 세월이 흐른 뒤
'사랑해요'라는 말
다시 듣게 되는 기적이 일어나네

눈에 넣어도 아프지 않을
손주들이 보내는 감동의 표현으로

생의 기쁨을 알려주는
감사의 마음을 일깨우는 말
사랑한다는 말

아침의 여유

부엌 창을 열면
출근길의 잦은 발걸음 소리가
아침을 불러온다

재잘거리는 초등생들의
행렬이 끝나면
노란 버스가
유치원 아가들을 맞으러
단지 내로 들어온다

썰물이 빠져나간 뒤
적막 속에 갇혀버린 시간

벽시계의 존재도
서두름과 조바심도
망각의 언덕 위에 밀어놓고서

커피 향을 맡으며
느긋하게 신문을 펼 때
여유를 실감하는 미소를 짓는다

은퇴와 함께 받은 선물
아침의 여유

아버지의 커피

초등학교 시절의 기억 속에
아버지는 늘 주무시고 계셨지

중학교에 들어가
중간고사, 기말고사 치르면서
심야에 공부하는
아버지를 만나게 되었지

새벽 두 시에 깨워달라는 부탁과 함께
잠의 세계로 빠져버린 나
아버지가 끓이는 구수한 커피 향기에
후각이 자연스레 나를 일으켰지

우유가 듬뿍 든 커피 잔을 들고
나를 깨워주시던 그리운 아버지
주고받는 대화 속에
잠의 찌꺼기 쓸어내고
"이제 정신이 맑아졌니?" 하며
내 방을 나가시던 아버지

아버지는 자정부터 일어나
아침 여섯 시까지 공부하셨다는 걸
그때에서야 알게 되었지

아침마다
커피 끓이며 향을 맡지만
어릴 때 마신 커피 맛 따를 수 없어

아버지의 마음이 담긴
깊고 향긋한 커피
오로지 내 맘속에서만 끓고 있지

부부

사랑으로 눈이 먼
한 남자와 한 여자가
사랑이라는 마음을 주고받으며
하나가 된다는 서약을 하고
결혼의 문을 통과해
함께 떠나가는 길고 긴 여행길

두 눈 번쩍 뜨고 가는 길 위에서
둘이 너무 다른 것에 놀라고
사소한 일로 충돌하며 분노하지만
어린 생명의 탄생에 환호하며
인간을 키워내는 성스러움에
몸과 마음을 가다듬는다

보람과 후회가 교차하는 현실에서
한쪽 어깨 내밀어 부축해 주기에
향기롭고 고왔던 추억이 있기에
힘든 몸을 서로에게 기댄 채
주름이 늘어나는 얼굴 위
허탈한 웃음으로 위로를 대신한다

행복과 웃음을 주는 손주들 보며
건강만을 소망하는 때에 이르면
옆에 존재하고 있는 반쪽에게 감사하며
황혼길을 함께 걸어가는
한 남자와 한 여자, 이미 동지가 된
그들이 부부다

사람 되어가기

평생을 함께할 남자와
마음을 맞추며 살아가려면
인내와 헌신의 눈물이 흐른다는 걸
가정이라는 작은 세상에서 배웠다

아이의 웃음소리에 고된 하루를 녹이며
최선을 다해 사랑과 교육을 베푼다 해도
아마추어를 벗어나기 힘든 이 일은
한 번도 배운 적 없는 부모의 역할

인내하며 기다려주기
울컥 솟아오르는 화를 누르기
뛰쳐나가려는 욕을 조용히 잠재우기…

인내심으로 순간의 감정을 억누르며
맑고 밝은 눈을 가진 아이들 앞에
부끄럽지 않은 어른이 되려고 애쓸 때
조금씩 사람이 되어간다는 걸,

인간을 키우고 가르치는 일이

하늘이 주신 신성한 책무를 행하는 거라는 걸
그 과정 속에 내가 성장하고 있었다는 걸
인생이 무르익을 즈음 깨닫게 되었다

한국의 아버지

아침 일찍 집을 나가면
밤늦은 시간에 돌아오는 사람
가족의 생계를 평생 책임지는
무거운 의무를 짊어진 사람
밖에서 무슨 일을 하는지
하루 동안 무슨 일이 있었는지
가족에게는 입 다물고
별을 보며 집으로 오는 길
술잔 위에 한숨 털어내며
외로운 인생을 살아가는 사람

자녀들이 사회에 진출하고
아버지처럼 일해본 다음에야
아버지의 침묵을
조금씩 읽게 될 즈음
아버지는 기력을 다 소진하고
자녀들과 마음속의 대화를
나눠보지 못한 채
오랫동안 참아내던 고통에 끌려
부지런히 병원만 다니다가

밤하늘의 별이 되어버리는 사람

아버지!
왈칵 눈물이 솟아오르는
너무나 안쓰러운 그 이름!

충청도 남편 2

마흔이 넘은 부모의 품에 안긴
늦둥이 막내아들

사랑과 정성 듬뿍 담아 키운
입맛은 충청도 아닌
깔끔한 서울 도련님

한평생 함께 살았지만
한 번도 식사 독촉해 본 적 없는
소식주의자

계절 따라 식성에 맞춰
조촐하지만 정성을 기울이는 식탁에서
와인 한잔에 대화 곁들여
느긋하게 음미하며 즐기는 저녁 식사
간이 짜다 맵다는 투정 없이
"수고 했소, 잘 먹었소" 한마디에
편안한 마음으로 마무리하는 하루

사람의 마음 읽기

긴 세월 넓은 세상
나름 경험을 많이 쌓은 것 같은데
아직도 어렵고 어려운 건
사람 마음 읽어내기

우리 모두 다른 얼굴에
다른 목소리로 말을 하듯
마음의 모양도 각양각색이지만

햇빛을 받든지 구름이 끼면
온도와 색깔이 수시로 변하고 있네

정말 어렵고 어려운 게
사람의 마음 읽기

\

그해의 봄

—

초판 1쇄 2023년 5월 1일
지은이 장성자
펴낸이 김영재
펴낸곳 책만드는집

—

주소 서울 마포구 양화로3길 99, 4층 (04022)
전화 3142-1585·6
팩스 336-8908
전자우편 chaekjip@naver.com
출판등록 1994년 1월 13일 제10-927호
ⓒ 장성자, 2023

—

—

ISBN 978-89-7944-833-7 (03810)